DEMASIADOS GLOBOS

Escrito por Catherine Matthias

Ilustrado por Gene Sharp

Children's Press®
Una división de Scholastic Inc.
Nueva York · Toronto · Londres · Auckland · Sydney
Ciudad de México · Nueva Delhi · Hong Kong
Danbury, Connecticut

Estimado padre o educador:

Bienvenido a Rookie Ready to Learn en español. Cada Rookie Reader de esta serie incluye páginas de actividades adicionales ¡Aprendamos juntos! que son apropiadas para la edad y ayudan a su niño(a) a estar mejor preparado cuando comience la escuela. *Demasiados globos* les ofrece la oportunidad a usted y a su niño(a) de hablar sobre la importancia de la destreza socio-emocional de **relacionarse con otros.**

He aquí las destrezas de educación temprana que usted y su niño encontrarán en las páginas ¡Aprendamos juntos! de *Demasiados globos*:

• contar

• las palabras para los números

• colores

Esperamos que disfrute esta experiencia de lectura deliciosa y mejorada con su joven aprendiz.

Library of Congress Cataloging-in-Publication Data

Matthias, Catherine.
[Too many balloons. Spanish]
Demasiados globos/escrito por Catherine Matthias; ilustrado por Gene Sharp.
p. cm. — (Rookie ready to learn en español)
Summary: A seven-year-old shares her colorful balloon collection, acquired one at a time, with zoo residents.
Includes learning activities, parent tips, and word list.
ISBN 978-0-531-26124-8 (library binding: alk. paper) — ISBN 978-0-531-26792-9 (pbk.: alk. paper)
[1. Zoo animals—Fiction. 2. Counting. 3. Color. 4. Balloons—Fiction. 5. Spanish language materials.] I. Sharp, Gene, 1923- ill. II. Title.

PZ73.M3238 2011   [E]—dc22   2011011646

Reconocimientos
© 1982 Gene Sharp, ilustraciones de la cubierta y el dorso, páginas 3–5, 7, 9–11,13, 14, 16, 17, 19, 20–23, 25–32, 34, 35 animales y globos, 36–38.

Fui al zoológico.

Compré un globo rojo.

Le enseñé mi globo rojo al león.
Le gustó.

Compré dos globos amarillos.
Les enseñé mis dos globos
amarillos a las jirafas.

Les gustaron.

Compré tres globos azules.
Les enseñé mis tres globos
azules a las focas.

Les gustaron.

Compré cuatro globos verdes.
Les enseñé mis cuatro globos
verdes a los cocodrilos.

Les gustaron.

Compré cinco globos anaranjados.
Les enseñé mis cinco globos
anaranjados a los monos.

Les gustaron.

Compré seis globos blancos.
Les enseñé mis seis globos blancos a
los osos polares.

Les gustaron.

Compré siete globos rosados.
Les enseñé mis siete globos
rosados a los flamencos.

Les gustaron.

Compré ocho globos morados.
Les enseñé mis ocho globos
morados a los pavos reales.

Les gustaron.

Compré nueve globos de rayas.
Les enseñé mis nueve globos
de rayas a las cebras.
Les gustaron.

Compré diez globos de puntos.
Les enseñé mis diez globos
de puntos a las palomas.

Creo que compré demasiados globos.

¡Felicidades!

Acabas de terminar de leer *Demasiados globos* y aprendiste a contar.

Sobre la autora

Catherine Matthias comenzó a escribir libros para niños mientras enseñaba prescolar en Filadelfia.

Sobre el ilustrador

Gene Sharp ha ilustrado libros, incluyendo libros de texto, para varias casas editoriales.

Demasiados globos

¡Aprendamos juntos!

Tengo diez globos

Un, dos, tres globos,
cuatro, cinco, seis globos,
siete, ocho, nueve, diez,
¡contemos otra vez!

Encuentra las palabras para los números

¡La niñita en el cuento tenía demasiados globos! Los contó del uno al diez. Cuenta los puntos en cada recuadro. Luego señala la palabra correcta para cada número.

●	uno 1 cinco 5	●●●●	cuatro 4 seis 6
●●● ●●●●	siete 7 tres 3	●●	seis 6 dos 2
●●●●● ●●●●●	uno 1 diez 10	●●● ●●	seis 6 cinco 5
●●●	cuatro 4 tres 3	●●● ●●● ●●●	nueve 9 ocho 8

CONSEJO PARA LOS PADRES: Los niños pequeños están aprendiendo que hay tres maneras de representar los números. Pueden ser representados como numerales, tales como 1, 2 y 3. Pueden ser escritos en palabras: uno, dos, tres. Hasta se pueden mostrar con objetos, como un punto, dos puntos. Para lograr que este concepto sea más relevante para su niño(a), hable sobre la edad de su niño(a). Señale la palabra para el número que representa su edad. Escríbala en un papel aparte y pídale que trace o copie las letras. Luego invite a su niño(a) a dibujar el número de globos que representa el numeral y la palabra para el número.

¿Cuántos globos?

Ayuda a la niña del cuento

a buscar sus globos. Mientras trazas el camino con tu dedo, cuenta los globos que te vayas encontrando en el camino y di en voz alta los números que faltan. Cuando llegues al final, ¡vas a saber la respuesta a la pregunta!

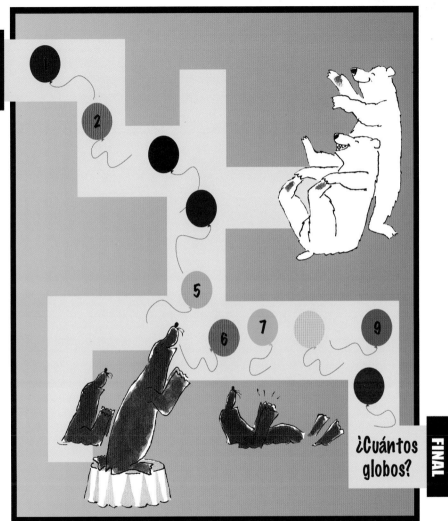

¿Cuántos
globos?

35

¿De qué color es?

A todos los animales les gustaron sus globos. Señala el nombre del color del globo en cada recuadro.

rojo

verde

azul

anaranjado

morado

amarillo

CONSEJO PARA LOS PADRES: Esta es la oportunidad para comentarle a su niño(a) que aunque la niña se divirtió con los globos, ¡al final tenía demasiados! Delicadamente, explíquele a su niño(a) que sólo debemos tomar lo que necesitamos, para que haya suficiente para los demás. Esto puede aplicar tanto a juguetes como a cosas de las que todos dependemos, como recursos naturales (como el agua).

Pensar en los demás

Al final del cuento, la niña tiene demasiados globos. Una manera de no terminar con "demasiado" es reusando las cosas que tenemos. De esa manera nos aseguramos de que hay suficiente para los demás. Menciona maneras en que puedes reusar papel y otras cosas en tu casa. Luego disfruta aprendiendo una nueva rima sobre reciclaje.

CONSEJO PARA LOS PADRES: A la mayoría de los niños les interesa cuidar de la Tierra y colaborar. Integre a su niño(a) en un plan de reciclaje en el hogar, asegúrese de que las botellas, las latas y los periódico vayan en los contenedores apropiados. Hable con su niño(a) sobre por qué reciclar y no desperdiciar recursos es importante para ayudarnos unos a otros.

¡A REUSAR!
Yo reuso el papel.
Lo pinto con pincel.
Lo corto con tijeras.
Con él hago libretas.
Lo uso de mantel.
Reuso el papel.
Escribo en los dos lados.
¡No uso demasiado!

Lista de palabras de Demasiados globos

(53 palabras)

a	diez	los	reales
al	dos	mi	rojo
amarillos	enseñé	mis	rosados
anaranjados	flamencos	monos	seis
azules	focas	morados	siete
blancos	fui	nueve	todo
cebras	globo(s)	ocho	tres
cinco	gustaron	osos	un
compré	gustó	palomas	vendido
cocodrilos	jirafas	pavos	verde
creo	las	polares	zoológico
cuatro	le	puntos	
de	les	que	
demasiados	león	rayas	

CONSEJO PARA LOS PADRES: Busque las siguientes categorías de palabras en la lista de arriba: números, colores y animales. Con su niño(a), haga tres columnas en una página de papel aparte e identifíquelas: *números, colores* y *animales*. Revise la lista de arriba y escriba las palabras en la categoría que les corresponda en la tabla. Invite a su niño(a) a escoger su animal favorito de la lista para dibujarlo.